인생 특유의 향기

고덕상 시집

오늘의문학사

❏ 자서(自序)

　시는 언어예술이다. 그렇기 때문에 시는 언어 없이는 존재할 수 없다. 그런고로 언어는 시의 뼈대요, 영원히 살아 빛날 넋(영혼)이다.

　나는 언어로 말할 수 없는 것들을 언어로 말하려고 언어의 율동과 음향에 귀기울여야 하는 고독한 작업으로 말장난을 한다. 가장 쓸모가 없으면서 참으로 쓸모가 있는 말장난(작업)을 한다.

　간혹, 익숙한 것들과의 결별 뒤에 '낯선 즐거움'이 전광석화처럼 스쳐가는 영감을 잡으려고 말장난을 한다. 다시 말하면 말장난을 하다보면, 값진 진주(진실)를 캐낼 수 있기 때문이다.

　그리고 내가 살고 있는 이 시대의 아픔과 고뇌를 시로써 대변하고 싶어서다. 그 대변은 내 자신의 일상문제 뿐만이 아니라 국가 사회 나아가 전 세계를 대변하고 싶어서다.

　또한, 내가 살아가는 세상을 따뜻한 시선으로 바라보고 붉은 심장에서 이글거리고 있는 생의 안타까움, 가슴에 사무치는 애절한 사랑까지 노래하고 싶을 뿐이다.

　요사이 사람들은 복잡하고 지루한 것을 싫어하기 때문에 시형을 짧은 여덟 줄(8행)로 구성해 봤다. 순서 배열은 창작된 차례로 배열했다. 그리고 더러는 이미 지상에 발표된 것도 있음을 밝혀둔다.

2012년 6월 24일
부창동 움막에서

‖ ‖ ‖ ‖ ‖ 차례 ‖

차례

║║║║║ **차례** ║

인생 특유의 향기

인생 특유의 향기

겨울철 햇살

혈기 왕성한 여름철엔
밖으로만 나돌더니

겨울철 혈기 떨어지니
집안으로 기어들어

일 년치 생색을 동짓달에
행할 뿐이라며

아내의 하얀 침대에서
알몸으로 뒹굴어.

백수(白手)의 한(恨)

— 말장난 · 2

동네 점방에서 잔나비 띠끼리
흥겨운 도리기 판에
백수가 빌붙어, 개평으로 얻어먹은
술이 거나하게 오르자

세상에서 제일 호탕(豪宕)하게 웃으며
걸쩍지근하게 말한다

"아따 요놈의 세상, 한번 우당탕
개벽이나 했으면 쓰것어."

어둠

— 말장난 · 3

반야산 전망대에서
저무는 해를 바라본다
기우는 나를 돌아본다

하늘이 땅을 슬슬 꼬드겨
암전(暗轉)을 시도하더니
세상은 한 빛이 돼버렸다

어둠은 높낮이(上下)가 없어 좋고
어둠은 겉치레(美醜)가 없어 좋다.

싸락눈
　　　　―　말장난·4

하느님도 나이 들더니
사람처럼 수전증이 걸렸나
밥술을 뜰 때마다 손이 덜덜덜……
하나
둘
셋
넷
자꾸 밥알을 떨어뜨린다.

무량사(無量寺)를 찾아

— 말장난·5

22

마라난타*에 대해 알고파
청운교(靑雲橋) 넘어 드니

고승(高僧)은 온데간데없고
젖은 가슴 파고드는 만수향

아무나 찾아도 막지 않는
활짝 열린 대웅전(大雄殿)

죽음도 삶의 하나라는
불과(佛果)를 건져 지고 왔다.

* 마라난타 : 백제에 처음으로 불교를 전한 인도 중

참으로 불편(不偏)한 거리
— 말장난 · 6

날씨도 화창한 가을날의 어스름
대문 설주에서 벽오동나무 사이
거미가 쳐놓은 올가미에
고추잠자리의 날개가 걸려들었다

먹을 놈과 먹힐 놈의 눈과 눈이
몇 천만 도수로 빛난다

비우느냐(空), 채우느냐(色)의 어름*
참으로 불편(不偏)*한 거리.

* 어름 : 두 물건이 맞닿는 자리
* 不偏 : (어느 한편으로) 치우치지 아니함

어머니처럼 늙어가고
　　　　－ 말장난 · 7

다 먹어버렸다는
양파주머니 털어보았더니

못난이 하나 떼구루루
주어다 물 컵 위에 앉혀놨더니

삼시세끼 물만 먹고도
싱싱한 잎을 피워내면서

둥글던 뿌리는 쭈굴쭈굴
어머니처럼 늙어가고 있구나.

첫날 같으라고
— 말장난 · 8

조물주는 왜 밤(夜)을 만들어 놨을까?

누군 위(主)이고 누군 아래(從)란 구분 없이
공평하게 어둠을 나누어 주시려고
다 같이 쉬며, 잠자며, 꿈도 꾸다가 더러는
뜨겁고 화려하게 몸을 흔들어보라고.

흔들림 없이는 탄생은 있을 수 없다고.

그래야 아침 식탁에서 서로 감사하며
그래서 언제나 삶이 첫날 같으라고.

새해맞이

— 말장난 · 9

들뜬 마음으로 어둠을 뚫고 달려간 경포대
추위와 초조 속 몸은 사시나무처럼 떨리는데
시시껄렁하게 캄캄한 침묵도 대답이 되느냐

이윽고 뾰조록이 핏빛 불덩이 솟구치더니
동해는 온통 황금가루를 뿌린 듯 반짝인다
저 황홀경에 취해, 나는 늙을 사이도 없다

다 내려놓고, 동해의 고운 햇살 하나 품고
정갈한 마음 하나 지고 가면 돼, '뭘 더 바래'.

별유천지(別有天地)
　　　─　말장난 · 10

마을의 이름조차 없는
두메산골 움막 두엇

소도 개도 아이들도
온종일 놓아먹이는 곳

막 저녁연기 피어오르자
집을 향해 달려오는

코흘리개 대여섯이 메고 온
뫼 밤 주운 신주머니.

고혈압 당뇨식단
― 말장난 · 11

아내의 근심스런 차림 식단

등 푸른 생선요리는 단골

북어찜에 해조류(海藻類)는 기본

매생이국에 한천(寒天)*까지

삼시 세끼 번갈아 오른다.

나는 날마다 바다를 먹고

뱃속에 바다를 키우고 있다

두 번째로 날 키우는 건 바다다.

* 한천 : 우뭇가사리를 끓인 다음, 시켜서 묵처럼 굳힌 것

누에(蠶) 번데기(骸骨)

　　─ 말장난 · 12

봄이 드니 온천지가 푸르다

뽕밭도 잠부(蠶婦)도 온통 푸르더니

누에똥까지 푸르구나.

이런 낭패(狼狽)가 있나

푸른 뽕잎만 먹고 산 누에가

하얀 비단실만 토해(嘔吐)낸다.

신랑 각시 꽃잠* 들도록

금침(衾枕) 마련하고 잠든 번데기.

　　* 꽃잠 : 신랑 각시 첫날밤 달콤한 잠

민들레꽃씨
— 말장난 · 13

어린 소녀가 무심코 꺾어 불어버린
민들레 홀씨가 파란 하늘을 맴돈다

제 몸 낮추는 수(數)밖에 모르는
제 몸 버리는 법(法)밖에 모르는 포자가
홀연히 균형이 무너져버린 나른한 오후
홀씨는 콘크리트 새에 끼어 떨고 있다

먹빛 가난 벗으려고 목숨 걸고 탈출한
멀고 험하고 외로운 영혼의 길 찾다가.

바람도 없는 날

— 말장난 · 14

타고난 몫이대로 살다 보니
한자리 할 수 없는 너와 나
걷는 길도 바라보는 곳도 다른
너는 너의, 나는 나의
외로운 놈 하나 잠 못 이루고

길도 곳도 함께 할 수 있는 이를
조용히 실눈 뜨고 그려보네

순(順), 경(瓊), 옥(玉)…… 바람도 없는 날.

싱거운 우리 부부
— 말장난 · 15

그럭저럭 덤덤하게 비비댄 세월
고구마 넝쿨처럼 멀리도 왔구나.

살만치 살아봤지만 아직도 어리석어
빈말이라도 둘러맞추는 재주도 없고
환심 살 양으로 알랑방귀 한번 없었다.

흔해빠진 싸구려 '사랑해' 란 말도
'흥— 여봉—' 하는 코맹맹이 소리도 없었다.

한데, 고희(古稀)를 맞고 새끼도 다섯.

언약(言約)

힘으로만 살 수 없는 일도 있더라.

가난하다고 절망하진 말자
슬프다고 비관하지도 말자
부럽다고 분에 넘치는 일은 더욱 말자
날 드러내려 폄훼(貶毀)*하지도 말자.

아흔아홉 번 절망하고
남은 하나의 절망이 올지라도
우리 만남과 우리 사랑을 감사하자.

* 폄훼 : 남을 헐뜯고 깎아내림

농민의 가슴앓이
— 말장난 · 17

강물도 부딪고 넘어지고 밟히면서
그 상흔(傷痕)으로 깊고 넓혀지는 것

곡식도 온갖 고난 겪고 이겨내며
배고, 패고, 영글어 고개 숙이는 것

아직도 가난할 자유밖에 없는 농촌
지금도 사랑할 수밖에 없는 농민
평생을 천수답이 마를까 치성하고……

농민은 평생을 농삿일에 가슴앓이.

내 받은 유산
— 말장난 · 18

어머니가 힘줄수록 내 머리통은
아프게 조여들었다

뜻밖에 뜨건 양수 흘러넘치자
자궁 밖으로 내몰렸다

영영 죽을 것만 같아, 줄 하나 잡고
목청껏 울어댔다

목숨 부지하던 탯줄이 끊기자
눈떠보니 유산은 빈주먹.

싹수 있는 삶
— 말장난 · 19

지금의 내 삶이란
보람찬 내일도 예약할 수 없습니다
이상적인 미래도 장담할 수 없습니다
용기도 지혜도 기대할 수 없습니다

하나, 그대와 함께할 수 있다면
거친 세파도 헤쳐 나갈 수 있으며
사나운 비바람도 이겨낼 수 있습니다

사람 내 밴, 싹수 있는 삶, 살고 싶다.

할미꽃

의지가지없는 선비 집안에
시집온 어머니는 항상
빈 가슴 타는 화를
옷깃 여미시고 고운 태로

안으로만 참아내다 울컥
차올라 미어지는 젖가슴

이른 봄 그리움 쌓아올리다
허리 못 편 할미꽃.

안 보이는 끈
— 말장난·21

아내와 딸의 등살에 묻어 절에 갔다

막내딸 대학 강사 오년의 비럭질이
어미의 가슴에다 섶 불을 지폈나보다
겹쳐진 삶의 무게를 안고 법당에 섰다
무식한 나도 불전에 나무아비타불 암송

증축 기왓장, 헌근지성*하라기에 '이름 썼다'

네가 한번 참아 평생을 웃을 수 있다면
난, 바랄 것도 누릴 것도 느꺼울 것도 없다.

* 헌근지성(獻芹之誠) : (옛날 햇 미나리를 임금에 바쳤다는 데서)
  정성을 다하여 올리는 마음.

똥파리
— 말장난 · 22

전생(前生)에 죄(罪)가 많아
평생을 손발이 닳도록 문질러
죄업(罪業)을 털어내지만
늘 하늘은 파랗고 땅은 푸르더라.

칠 년 대한 구년지수*라도
이승은 살만한 곳이라며
앞발도 싹싹 뒷발도 슥슥
일구월심 축수(祝壽)를 올린다.

* 七年大旱 九年之水 : 칠년 동안 가뭄, 구년 동안 장마

정음(正音) 조각보
　　　　─ 말장난 · 23

집현전 생각(頭)의 조각조각을
갈고 다듬(彫琢)어

대왕님 느낌(胸)의 가닥가닥을
재고 마름질(裁斷)해

천지인삼재*와 발음기관* 본떠
한 땀 한 땀 누비질해

세상 것 통틀어 오직 하나뿐인 보물
스물여덟 쪽 정음 조각보.

* 천지인삼재(天地人三才) : 하늘 땅 사람을 이르는 말, 즉 천지인삼
　재는. 모음의 기초
* 발음기관(發音器官) : 자음의 기초

낙엽(落葉)

    — 말장난 · 24

고독(孤獨)을 씹으며 거니는
나의 어깻죽지에
투두둑 말없이 내려앉는
은행잎 하나
우린 비록 거리의 만남일지라도
지극한 사랑의 표상(表象)이라나

애정(愛情)도 다 그런 거라고
우연에서 필연으로 싹틔우는 법이라고.

어떤 시인(詩人)

— 말장난 · 25

42

누구나 세상 태어나면
뭔가 하나
흔적(痕迹)을 남기고 싶어 하지

주먹 쥐고 와
주먹 펴고 가는 인생(人生)

업둥이로 태어나
천둥이로 살다가
비렁뱅이로 죽어간 시인(詩人).

봄의 단상(斷想)
— 말장난 · 26

(Ⅰ) 복수초(福壽草)

얼마나 사무치는 그리움이냐

얼마나 몰아치는 아픔이드냐

흰 눈 이고 벙그는 복수초……

(Ⅱ) 오목눈이

사람의 정(情)이 퍽 그리웠나보다

화단 수국(水菊)에 새집(新家) 마련하고

내외(內外) 상의하여 따스한 알 셋……

(Ⅲ) 다름(異)

낮이 있음으로 해서 밤(夜)이 있고

내가 있음으로 해서 네가 있듯

짝은 우열(優劣)이 아니라 다름(異)일 뿐……

착시(錯視)
　　－ 말장난 · 27

마주앉는 냉면집 식탁 옆자리
올라붙은 스커트 가랑이 사이로
싱싱한 숭어 두 마리
물 좋게 팔딱거린다.

되쏘(反射)는 백중날의 햇살
내 눈은 지금 착시현상
왜, 아랫배는 빳빳해지는 걸까?

이게 바로 수컷의 본능이라는 겨.

조바심

　— 말장난 · 28

달빛이 스며드는 어리마리 침상에서
아내가 내 손 꼭 잡고 애잔한 목소리로

여보, 하루해가 너무 빠르지요……
그래요, 요새는 한 달이 한나절 같아요
나이 들수록, 세월의 빠름이 느껴지나 봐요

삶의 길목 어딘가에 두고 온 그리움 같은 것
하염없는 생각들은 뒤안길로 사라지고
하고픔은 많은데 남은 시간이 없다는 조바심.

약동(躍動)

— 말장난 · 29

(Ⅰ) 봄비(春雨)

봄비는 가늘어 풀잎도 미동 않고

밤이 드니 남스란치마 끄는 소리

먼 산 잔설마저 녹아 불어난 냇물

봄맛을 캐는 계집애들 배꼽 쥐것다.

(Ⅱ) 관촉사 미륵불 제단

꽃은 벙그는데 주지는 말이 없고

새는 울어대는데 미륵불은 빙그레

산그늘 쓸어낼수록 짙어만 가고

달빛은 닦아낼수록 되살아난다.

녹슨 아픔들

― 말장난 · 30

아직도 뽀그르르 뽀그르르
물방울이 말한다
탑정저수지 검은 퇴적물(堆積物)
바라보고 있으면

안천말 풍덩말* 주민들
창호지 한 장으로 세상을 가리고
새끼 품던 움막이 그립다고
피맺힌 아픈 한(恨)을 토해낸다.

* 안천말 풍덩말 : 안천마을 풍덩마을.

그리움

노적봉 솔향기가 온종일
졸졸졸 시냇물 따라가고

저 아리잠직한 진달래
연분홍 맑은 미소(微笑)

벌 · 나비 아니 찾아온다
뭐 그리 서러울 리 있으랴

그리움 품고 사는 마음
삼백예순날 어찌 다르랴!

배롱나무
－ 말장난 · 32

도서관 앞뜰에 자리한 배롱나무

삼복염천에 삶이 몹시 역겨웠던지
시뻘겋게 시뻘겋게 피(血) 토해
가지마다 어지럽게 선지 뿌려놨구나

먼 옛날 할아버지도 셈하기 힘든
전생(前生)에 저지른 악업 짊어진 채
목 놓아 울고 싶은 붉은 꽃송이들

죽는 날까지 환생의 꿈 사르다 간 꽃.

광의(廣義)의 언어로도 의사소통*

괭이 쇠스랑 물동이 물지게 지고 들고
뛰느라 온 동네가 왁자지껄하다

"왜 이리 야단이랴" 남편 손을 끌어다 제
샅아구니 거웃(불꽃)에 비비댔다 "음 불났어"

"어디서 났댜" 남편의 손을 끌어다 제 유방에
대고 아래서 위로 끌어올렸다 "음 윗동네에서"

"뉘 집에서 났댜" 남편의 두 귀를 잡고 힘차게
'뽀' 하고 입을 맞췄다 "음 여(呂)가네 집이군"

* 광의의 언어로도 의사소통 : 봉사(남편)과 벙어리(아내)의 대화.

생즉사(生卽死)이라던데

부들 창포 가래 마름 옥잠화 자생하는
늙은 방죽

봇둑에선 새끼염소가 날뛰는 바람에
놀란 개구리

물속으로 '텀벙'
파문 따라 달려온 '물뱀'
죽느냐(死), 사느냐(生)의 고비

"생즉사(生卽死)요, 사즉생(死卽生)이라던데"

젓가락

— 말장난 · 35

52

사람이 처음 화식(火食)하던 날부터
우린 아랫도리 맞추는 연습만 했다

임금 수라상이나 농민의 밥상에서도
둘이는 아랫도리를 늘 맞춰야만 했다

우린 잠도 항상 그리운 쪽을 향하여
몸을 나란히 포개 누워야만 했다

물길이나 불길에서 일어난 상처
밤마다 보듬는 손길이 슬프게 아름답다.

계엄사령관
　　— 말장난 · 36

남자들은 늙어갈수록 거개가
아내에게 복종하고 산다

유교권(儒敎圈)에서 찌들어온
여인들의 구호 "늙어서 보자"

아내가 거침없는 명령조로
김장 마늘을 까란다

한 맺힌 여인들의 보복이라면
마늘처럼 홀랑 벗고 반짝여보자.

쑥부쟁이

— 말장난 · 37

어릴 적
이웃집 금순이처럼
예쁘다

선생님이 된
옥(玉)이 분 몰래 찍어 발랐나
희다 못해 보랏빛이다

내가 살고 싶어 버릴 수 없는
쑥부쟁이 피는 고향 언덕.

선병질(腺病質)의 코스모스 길
— 말장난 · 38

외진 들머리 무더기로 둘러앉아
수다 떠는, 학교 가는 코스모스 길

하나가 곧 모두요, 없음이 다 있음이라
있다 없다 그 맘 버리면 고뇌는 없나니

가슴 맞대고 휘도는 선병질의 가는 허리
폭풍우에도 몸 곧추세우고 늠름하게 서서
오가는 이 차별 없이 웃어주는 그 순정
아ㅡ 끌어안고 싶어라, 속삭이고 싶어라.

예쁘장한 아가씨 하나

― 말장난 · 39

양지쪽 샛노란 풀밭에
아침 햇살이 눈부시고

영춘화 노오란 꽃잎에
맺힌 이슬이 영롱하다

이봄 누구를 맞으려
저리 곱게 반짝거릴까

예쁘장한 아가씨 하나
개 변보라 풀어놨다.

농촌의 삼백육십오일

농촌의 삼백 육십 오일은 내내
어머니처럼 아프지 않은 날이 없다

밥에 얹어 찐 짭쪼름한 황석우 젓
짚불에 그슬린 까만 갈치토막의 궁색

올 빠진 중이 적삼, 코 나간 고무신
어린것들 아침마다 손 벌리는 학용품비

군불 땐 방바닥에 빨갛게 언 손과 발
한 이불속 복판으로 파고든 손발가락들.

세밑 산행(山行)
— 말장난 · 41

나는 오늘
지리산 화엄사에 들러
만 섬의 자비(慈悲) 빌어 지고

노고단에 올라
108 번뇌 다 부려 놓고
자비 흩뿌려 숨죽게 하고는

흰 구름 속에 앉아보니
세사(世事)는 거울 속이듯 밝아라.

무당개구리

나의 접근도 아랑곳하지 않는다
대밭머리 허드레로 파놓은 웅덩이
한 놈은 업고, 한 놈은 업히어
좀처럼 떨어질 줄 모른다.

'방해는 말란 듯' 눈 한번 끔벅
이건 우주의 이치(理致)요
만물의 진여(眞如)요
만세불변의 섭리(攝理)란다.

죽는 연습
    — 말장난 · 43

예습(豫習) 없이 온 인생이라고
연습(練習) 없인 가지 말라.

연습 중에 제일 어려운 것이
죽는 연습일 것이다.

'측은, 수오, 사양, 시비'* 등등
온갖 나눔의 삶을 연습하자.

죽었으면 이 아니라, 죽어서는 안 될
'아쉽다, 그립다, 보고픔'으로 남는 사람.

    * 四端 : 惻隱之心 羞惡之心 辭讓之心 是非之心

징검다리

내 등(背)을 타고 즐거이 건너오시오
조금도 사심 없이 맘 다 비운 뒤요

태생이 작고 약해 아무데도 쓸모없어
일찌감치 남을 위해 월천공덕* 한다오

간혹 가슴 저며 오는 아픔도 있지만
아무도 맛보지 못한 반짝임도 있다오

보라, 저 냇물에 뜬(浮) 핏기 없는 초승달
송사리 떼 모여 입맛 다시려 쩝, 쩝, 쩝.

* 越川功德 : 남을 이롭게 내를 건네주는 공덕과 인덕.

쌍계사 두 물머리 방죽

임화리 산자락마다
애잔한 들국화
동자승(童子僧) 눈빛처럼 외롭구나

저녁 예불소리에
꽃잎도 떨고, 방죽에서 뛰던 새우도 숨죽이고

난 부도 앞에서 좌선(坐禪)하며 바라본 들국화
노란 우주 한복판엔
웬 대자대비 부처님 얼굴이.

삶의 윤택(潤澤)

— 말장난 · 46

소리와 가락이 어우러져

음악(音樂)이란, 삶의 즐거움(樂)을 낳고

색채와 고름(均衡)이 어우러져

미술(美術)이란, 삶의 아름다움(美)을 낳고

말과 감정 정서가 어우러져

시(詩)라는, 삶의 정화(catharsis)를 낳고

사내와 계집의 음양(陰陽)이 어우러져

사랑(愛)이란, 인생의 꽃을 피운다.

아픔을 본다
— 말장난 · 47

산골 마을 저녁은 일찌감치 찾아와
어깨 낮은 지붕 위로 저녁연기 피어오르면
위 · 아랫도리 하나씩 걸친 놈 대여섯 달려와

감또개 뚝뚝 떨어지는 저녁 어스름
밀대방석 위로 둘러앉힌 모깃불
애호박 고명 얹은 수제비, 애 어른 한 양푼씩

끈적끈적 원시가 묻어나는 사촌 누님 댁
숨 가쁜 삶의 층계 기어오르는 아픔을 본다.

꼭두새벽

─ 말장난 · 48

작은 손수레가 취한 듯 비뚤거린다

한쪽 다리 저는 팔순 영감의 목숨인

빈 마분지상자, 파지나부랭이 펄럭임이

마치 송장 덮씌운 거적처럼 을씨년스럽다.

그나마 늦으면 남의 차지 될세라

꼭두새벽 까만 주검 앞세우고

이 험한 길을 선택해야만 했던가?

여긴 지옥도 아닌 데 춥고 떨린다.

격세지감(隔世之感)
— 말장난 · 49

난 어려서 너무 일찍

냉수에 찬밥 말아 마시는 걸 배웠다

학생시절 냉 고래 잠에

얼음 깨고 세수하는 아픔을 익혔다

그때 그 시절에는

삼시세끼 죽(粥)만 거르지 않아도 귀족

딸내미 둘이 앉아

불고기 백반도 맛없단다 '한세대 사이에'

과수댁네 누렁이(犬)

— 말장난 · 50

이밥(米)에다 비린 것까지 찢뜨린 개밥 들고

"쯧 쯧 쯧 개 같은 놈, 떠돌이 화냥년
꼬드겨 오입질하더니 입맛도 잃어"

몸은 고달플지라도 슬픈 일은 아닌데
마치 제 서방이 외도라도 한 듯
질투인지 몽니인지 까탈 부려쌓는다

나는 어지간히 살아봤지만 어리석어
아직 허튼 사랑을 본 적이 없소이다.

한스럽다 나유
－ 말장난 · 51

이 가을엔 저기 풀벌레소리마저
음정 박자가 들쭉날쭉 이네유

지나가다가 발로 툭 차면
알밤이 우수수 떨어져 내리고
자치기 하다 긴 잣대 휘두르면
머리통 내리치는 빨간 대추알

요즘은 울 너머 늘어진 대추도
따가는 아이 없어 한스럽다 나유.

애절한 귀뚜라미 소리
— 말장난 · 52

현관 문턱에 와 새도록 울어쌓는다
짧다가 길게, 길다가 짧게
끊어졌다 이어지고, 한 놈이 울면 천 놈이 따라 울고
죽은 듯 고요하다, 느닷없이 자지러지는 소리

평생을 품어온 한(恨) 맺힌 소리, 이 까만 슬픔을
슬픔으로만 머물지 않고, 그 슬픔을 초극(超克)하려는
피 터져 흐르는 애절(哀切)한 소리

이 늙고 병든 지구란 공간(空間)에서.

뒤란 가랑잎 태우기(茶毘式)

여름 내내 벌레들에게
살보시(布施)하고
뻥뻥 뚫린 누더기 차림으로
성철스님처럼
조용히 돌아와 누웠다

뒤란 가랑잎 태우기(茶毘式)
타다 남은 시체는 사리로 굴러
알알이 아롱진 서방정토의 미소여!

비인 해수욕장-개장초기-
　　　　－ 말장난 · 54

욕장이 욕장다운 욕장으로 갖추기 전인지
행세만 욕장행세, 자릿세는 부르는 게 금

내 마음의 거대한 욕망은 잠들 줄 모르고
숱한 원색의 청춘남녀는 쌍쌍으로 나뒹굴어.

어느 해인들 삶의 무게야 가벼우랴 만은
진짜보다 더 진짜 같은 가짜가 판치고

신의 걸작 여체(女體)를 바라보고 있노라니
외로운 평화가 슬프도록 아름답구나.

농투성이들이야
— 말장난 · 55

공자, 석가, 예수는 사랑과 평등을 주장
하나, 여러 종교단체지도자들은
사랑 평등을 핑계 삼아 어린(愚) 백성들
윗자리에 서서 군림(君臨)한다
이건 성현들의 바라는 바와 다른 모습이다.

어짐(仁)이니 자비(慈悲)니 사랑을 외치지 않아도
'이웃들과 어우러져' 두레 품앗이로 갈고 거두며
아침 이슬처럼 반짝이는 삶.

국제통화 기금(IMF)

— 말장난 · 56

올해도 변함없이 열매마다 제 빛깔
토해내고
저마다의 향기 뿜어내는 이 가을

국제통화 기금 어렵게 받아 쓸 때도
우리 마음속은
가을 열매로 탱글탱글 영글고 있었어

삼년 내 굴레 벗기로, '금붙이 모으기'
사천 만은 늙을 수도, 늙을 새도 없었다.

오두방정

— 말장난 · 57

겹창(窓)을 활짝 열어 제치니
봄 햇살이 아내의 침상을 기웃거리고

나는 봄의 홀림에 정신이 팔려
찾아간 곳이 토방에 덥 고인 술

용수 지른 놀놀한 전내기 들이키니
하늘이 빙빙 돌고 발걸음은 들쭉날쭉

오두방정 치다 제풀에 지친 아이처럼
미친 듯 들이민 분통 골 처녀 소(沼).

밀린 월사금-후원회비-
　　　－　말장난 · 58

선상님께 다음 파수는 꼭 낸다고 혀
어린 것 얼러 핵교로 보내며 '어혀 가'
막둥이 놈은 고개를 꼬고 굼벵이 걸음
에미는 고개를 빼고 기린처럼 바라보고

하지(夏至) 무렵은 가난하고 배고파도
매우(梅雨)로 땅은 어질고 너그러워

사촌형수, 밑 잘 든 육 쪽 마늘 캐며
양(兩) 미간(眉間)이 함박꽃처럼 벙글어.

시를 쓰는 이유
— 말장난 · 59

어머니 제가 시를 쓰는 이유는
당신의 얼굴이 떠오르기 때문이지요

팔십 평생 허리 한번 못 펴고
호미만 벗했으니, 시를 밸 수밖에 없지요

무시로, 꽃비가 되어 내려주시기도
진리의 화신으로 길잡이가 돼 주셨지요

흰 눈 이고 벙그는 영춘화(迎春花) 보니
어머니 삶같이 애처로워 눈물 나네요.

나이

내 실 나이보다
여남은 살 아래로 보는 이가 많다

멋쩍다가도, 싫지 않은 때도 있고
눈엣가시처럼 거슬리는 때도 있다

니나노 판에서 들을 때는 괜찮다
거기에는 치마 두른 이가 있으니까

사내놈들 틈에서 들을 땐 그게 아니다
객지 벗 십년이라며 기어오르는 놈이 있다.

친구의 문상(問喪)

— 말장난·61

흔적 없이 죽이는 화생방총 있으면
쏴 죽이고 싶었다고

살 섞는 걸 부담으로 느껴진 건 아주 오래
자기는 우연이라지만, 난 치명적이었다고
웬수는 가는 날까지 그 버릇 못 버리고
밖으로 밖으로만 나돌다 가버린 사람.

배시시 웃고 있는 남편의 영정 앞에서
내 보니, 첫닭이 홰칠 때까지 울고 있더라.

너를 닮은 시 한 수

얼마를 사느냐는 중요하지 않다
어떻게 사느냐도 중요하지 않다
어찌 '너와 나' 하나 되느냐가 중요하다

육안(肉眼)으로 볼 수 있는 것만이
아름다운(美) 건 아니다
훌륭한 부모 밑에서 배운 집안 일(婦功)
덕행(婦德)이며 도리(婦道)다

이렇듯 너를 닮은 시 한 수 낳고 싶다.

외진 시골 버스
    — 말장난 · 63

요즈음도 장날은 사람이 붐비다
손잡이 잡고 용틀임 하다가
아가씨 내리기에 털썩 주저앉았다.

굽은 길 돌아갈 때 엉덩이가 들썩
내린 그녀의 뜨뜻한 항문(肛門) 위에
내 그것이 꼭 맞게 포개졌다.

어쩌다 운전석 백미러를 보니
내가 황소처럼 웃고 있지 않은가!

공직생활의 회한(悔恨)
― 말장난 · 64

이밥 주면 이밥 받아먹고
밀가루 주면 밀가루 받아먹었지

때 되면 먹 거리는 거칠던 기름지던
꼬박꼬박 나오니 기린 줄 몰랐지

우물 안 나서보니 넓은 초원에는
걷는 소도 뛰는 말도 보이더구먼

물은 용기에 따라 그 모양이 다르듯
늦되기 삶이 맛있게 곰삭고 있어.

훈병 사격장

82

육군 제2훈련소

훈병(訓兵) 앞에 앉히고

호랑이 같은 조교(助敎)

방아쇠란

"일단 숨을 멈추고, 연인 유방

다루듯 살살 떨림 없이 당긴다"

정조준(正照準)한 신병의 가늠쇠 위에

사뿐히 내려앉은 부전나비 한 마리.

비몽사몽간(非夢似夢間)에

매일 병원 침대에서 죽치다보니
온돌방에서 자던 버릇 때문인지
자는 둥 마는 둥 꿈만 꿔댄다

다짜고짜 의사가 내 멱을 땄다
몸은 죽었는데 의식은 살아서
병실을 벗어나 쏜살같이 환락가
은행동 니나노 판에서 젓가락 장단

아내가 목의 땀을 닦자 벌떡 일어났다.

미륵불(彌勒佛) 앞에서
― 말장난 · 67

나는 오늘도 눈뜨자마자 이른 새벽
미륵불 앞에서 합장 서원(誓願)하길
그간의 제 삶을 서유(恕宥)하시고
내 안에 투명한 거울 하나 품어가게 하소서.

노송(老松)가지에서 비둘기 한 쌍 날아와
어린이가 흘리고 간 비스켓 조각을
한 놈이 쪼아놓으면 한 연이 주어먹고
날갯짓 아양, '아― 향내 나는 두꺼운 사랑.'

관음(觀音)

   — 말장난 · 68

죽음은 태어남에서 비롯되기 때문에

가을이 봄을 그리워한다

삶은 죽음을 전제로 하기 때문에

죽음이 삶을 그리워한다

죽음 그건, 영멸(永滅)함이 아니라

오도(悟道)요 관음(觀音)이다

봄눈 스러지는 관음, 그 관음에서

억겁(億劫)의 향내가 난다.

늙을수록 그리운 아내
— 말장난 · 69

집에 돌아와 아내가 보이지 않으면
어린이 마냥 도리반도리반

삶의 길잡이로 목숨의 원천으로
아내는 어머니를 꼭 빼 닮았다

냄새며 빛깔까지 배어든 진여(眞如)
한없이 솟아나는 극락정토

디지털 시대라도 빌기는 빌어야해
어디 있던 무사하고 쉬 돌아오라고.

잎(葉)

— 말장난 · 70

목련은 잎 없이도 꽃 피우더라
항상, 끌어 모으는 일에만 익숙했지
한번 내려놓는 일(放下着)*을 생각이나 했더냐.

백년 초는 잎 없이도 열매 맺더라
항상, 옛 방식에만 얽매였지
한번 틀을 깨는 법(板齒生毛)*를 시도나 했더냐.

늘 새로운 것을 추구하면 '여든 살도 청춘'
늘 고정관념에 얽매이면 '스무 살도 늙은이'.

* 放下着. 板齒生毛 : 중국 고승의 설법 인용

청 보리밭 추억
— 말장난 · 71

새파란 출렁임 속에, 웃자란
그리움이 욕망으로 움 트고

흙내음 물씬 풍기는 보리밭
긴 머리 민얼굴이 눈부셔

한갓진 곳에 자리를 잡고
소박한 한 폭의 풍경화

강물이 처음 열리는 소리에
빨간 복숭아꽃 같던 그 얼굴.

산수유(山茱萸)

그리움 끌어안고
일시에 터뜨려버린 노란 분노
꽃술마다 아픈 사연 묻고
모두 봄볕을 움켜잡고 오물거린다.

상잔(相殘)의 칼바람은 여순(麗順)*에서 일어
구례 산동 골로 치달아, 피 잔치로 끝난 60년
진실은 자꾸 세월 속으로 묻혀 가는데
묵은 아픔들이 수정처럼 주저리주저리 맺혔다.

* 여순(麗順) : 麗水 順天 반란 사건

빈집

   — 말장난 · 73

삐딱하니 누운 대문 우편함에는
누렇게 바랜 각종 고지서 부곳장

"굶어죽어도 씨종자는 베고 죽는다"*는
밑창 뚫린 씨오쟁이 바람에 흔들흔들

시래기 달아두던 외양간 높은 시렁엔
고이 모셔둔 코뚜레와 원앙 한 쌍

확 튼 툇마루 밑에 쭈그리고 앉은
옆구리 터진 흰 고무신 한 켤레.

*農夫餓死라도 枕厥種子라

생각나는 사람
— 말장난 · 74

맛있는 음식이 앞에 놓이면
생각나는 사람이 있지
온갖 허기에도 끝내 마음 하나 열지 않은 그이

패션쇼를 보고 있노라면
떠오르는 사람이 있지
옷깃으로 파고드는 칼바람 손 호호 불던 그이

죽지 못해 움켜잡고 버티어온 삶, 이제야
운 좋게 싱싱한 머드러기만 골라잡았다.

천륜(天倫)이란 길

내 등창(背腫) 난 고름 집 잦아들게 하려
삽 · 괭이 들고, 느릅 나무 뿌리 캐러
달려가던 어머니의 펄럭이던 홑치마

나도 그때 어머니 나이만큼 들어
아들놈 백내장(白內障)이 겁나, 들처 업고
허둥대며 달려가던 잠옷 바람

보이지 않는 길, 가슴으로 안고 가는 길
끈적끈적 엉켜 붙는 천륜(天倫)이란 길.

호박꽃

몇 번을 더듬어도 그 놈이 그놈
몇 번을 훑어봐도 그 년이 그 년

더도 덜도 말고 짚신 삼는 즈 아비
뱃구레만한 연놈만 살아 남거라

크도 작도 말고 모시 삼는 즈 어미
엉덩짝만한 연놈만 매달 거라

유월 피난살이 허기를 덜어주던
촌로가 건네준 목숨 같던 호박풀떼기.

고향영상(映像) · 1
— 말장난 · 77

솔내음 흙내음
부엉이 밤마다 울어쌓고

아낙들 적삼 속
하얀 젖무덤 같은 지붕 위 박덩이

소쿠리 곱삶이
찬물에 말면, 양푼 속에 달이 뜨고

해거름에 돌아온
엄니 치마폭엔 녹도 돔부 깻잎 가득.

연산역
　　— 말장난 · 78

우리는 몰랐어, 정말 몰랐어, 왜 미군열차가
다니는지, 미군이 아이들을 향해 먹 거리를
던졌는지, 헬로 오케이하며 주어먹었는지?

5,60 연대는 어지러웠어, 객 · 화차 구별 없이
기차 안팎 지붕까지 끈으로 묶고 다녔어
그 덕에 부끄러운 잡상인 천국이 된 연산역.

의치(義齒) 하듯 세상 바꿔보고파. 허리띠 졸라매고
아들 딸 유학 보낸, 통학열차 처음 쉬던 연산역.

고향영상(映像) · 2
　　— 말장난 · 79

가만히 눈감으면
게딱지같은 초가, 높고 낮은 산자락마다
분홍진달래 노랑개나리

는개 피어나는 저녁 어스름
보둑에서 외로이 되새김질 하던 누렁이
아버지와 딸랑딸랑 원앙소리

누나 가르마 같은 등곳길
코흘리개 대여섯이 달려오는 붉은 황톳길.

오일장도 늙었다
— 말장난 · 80

웬수 같던 시뉘 올케 늙어서야
난전에서 뜨끈한 쇠머리국밥 나누고

올망졸망 꾸려온 잡곡나부랭이 팔아
겅거니할 왕메르치 한 됫박씩

늙어서 좋단 등 푸른 생선 고등어 한손
밤일 선찮은 영감탱이 돋보기며……

차삯 아까워 산모롱이 츤츤이 돌다
쉬고 또 쉬고 해동갑하는 시뉘올케.

백수(白壽)의 어머니

— 말장난 · 81

오뉴월 염천에
백수의 어머니는 허리가 시리다고
개잘랑을 찾아 허리에 두르신다.

엄동설한에
찬물로 귓속을 자꾸 헹궈내며
귀뚜라미 등살에 못살겠단다.

나는 아직 희수(喜壽)인데도
손자 놈 앞에서 똑같은 말을 한다.

그리운 얼굴
— 말장난 · 82

봇둑에 누워 하늘에 뜬 구름을 보면
그저 좋아 손잡던, 그리운 얼굴이

구름 사이로 희뜩희뜩 얼비치는
포동포동한 열여섯, 그리운 얼굴이

눈감으면 점점 확대되어 다가오는
가슴 봉긋해진, 그리운 얼굴이

날 애태우던 귀한 전갈(傳喝) 하나
남흔여열(男欣女悅)*하다는, 그리운 얼굴.

* 男欣女悅 : (남편과 아내가 다 기뻐한다는 뜻). 즉 부부사이의 和樂

니그로(negro)
– 말장난 · 83

시대의 조류(潮流)에 묻어온 꽃

혼돈과 전쟁
파괴와 가난
원죄(原罪)의 회오리바람에 핀 꽃

깜둥이 새끼 하나 낳아 품고

안겨주는 달러(dollar) 뭉치에
히히대는 우리들의 누이
국제 공통 행진곡에 발맞춰 따라간다.

과녁(射的)

   — 말장난 · 84

이미 당해 숭숭 뚫린 가슴
쏠 테면 쏴 봐라
네 불(火) 알도 받아주마

내 심장 깊숙한 곳에
네 정욕(情慾)을 사르라

정조준(正照準)이
어긋나는 날에는
다른 목숨이 상한다.

시상(詩想)의 밑절미가 된 연산 땅
— 말장난 · 85

청동골 냇가로 나가면 출렁출렁
여울 물소리, 마음의 허기를 채웠고

거북산 숲속을 거닐면 왁자그르르
온갖 멧새 소리, 순한 마음 싹틔웠고

비 갠 뒤 천호산 옹달샘에 무지개 서면
일곱 빛 무지개 잡으러 순이 손잡고
가도 가도 그 자리, 길을 잃고 울었던
내 시작(詩作)의 밑절미가 된 연산 땅.

주막(酒幕)도 늙어

    — 말장난 · 86

활량들 분탕(焚蕩)질만 봐 온
꽤나 늙은 살구나무랑

늘 정(情)만 남기고 떠나가는
울도 없는 주막집

묏밭길 오르내리던 긴 섬돌엔
검정고무신 한 켤레

기껏, 이웃동네에서 마실 온
멧새 두어 마리.

월은사 비구니
— 말장난 · 87

사형(詞兄), 차 한 잔 드시게
차(茶)와 선(禪)은
다른 듯 같고, 같은 듯 다르다네

파고드는 그윽한 향(香)
음미하며 할(喝)*해 보시게

욕심 집착은 내려놓으시게
시기, 질투도 다 두고 가시게
정갈한 마음 한 자락이면 족하지.

* 할(喝) : 禪僧들이 말로는 나타낼 수 없는 도리를 나타내 보일 때
  내는 소리

민간 신앙
— 말장난 · 88

사촌형의 마지막 염습(殮襲)할 때
홑청 걷고, 한바탕 눈물을 보탤 때였지

사촌형수가 죽은 남편의 손을 끌어다
앓는 며느리 몸에 대고 "병 다 보듬고 가란다"

스마트폰 시대에도 '토속신앙을 믿어야하나'

망자의 사촌보다 가까운 무촌의 아내
성주님 산신님만 들먹이며 제 말만 해쌓고
사촌인 나는 영면하라 내 말만 하고……

원경은 희극적 근경은 비극적
  — 말장난 · 89

땅버들 솜털 휘날린지도 근 달포 전

얼씨구. 동네 집 한 채 남기지 않고
복숭아꽃 살구꽃으로 온통 불 질러났네
멀리서 바라보는 원경은 희극적이지만

아직도 싸잡이 물거리 쳐다 군불 때는 연기
마을 감돌아 뒷산으로 기어오르면
회관 뜰에서 놀던 어린이들 집으로 가고
가까이에서 들여다본 근경은 비극적이네요.

나의 하얀 침묵(沈默)

— 말장난 · 90

엊저녁 고독을 데리고 후박 잎에 떨어지는
빗소리 들으며, 천상의 어머니 노여움 같아
얼른 대청에 들어, 어머니 살아생전 웃던
영상(影像)에 귀 대고 들리지 않는 소리를 들었지.

찾아간 어머니 무덤가에 외로이 피어난 엉겅퀴
자홍색 꽃 이파리 하늘하늘 손짓하는 건
죽어서도 내려놓지 못한 이승의 질긴 연(緣)
말로는 다 말 못할, 나의 하얀 침묵(沈默).

민얼굴 같은 시

노래방 찾아가는 빈도에 따라 음정 박자
하루가 다르게 빛난다는데

왜, 시는 한 편을 쓰나, 수백 편을 쓰나
늘 그 자리가 그 자리 같아

간혹, 겉모양만 번지르르하게 꾸민 시보다

코등 싸한 등 굽은 농부의 마모된 손톱 같은
삶의 무게를 지고도 콩밭 매는 아픔 같은

난 찬물에 세수한 민얼굴 같은 시를 쓰고 싶어.

하지 감자 꽃
— 말장난 · 92

곱지도 화려하지도, 그렇다고 밉지도 않은 꽃
어머니처럼 허리 한번 못 펴고 살아온 꽃

청개구리 등같이 미끈유월, 밥이 생각나는 꽃

"이제는 얼마간의 배고픔은 모면 하겠다"며
밭두둑 파헤치어 하지 감자 수북이 쌓아놓고
머리 수건 흔들며 환히 웃으시던, 어머니

산업화 도시화로 다 떠나버린 오늘도 어머니는
구수한 된장찌개 끓이며, 감자를 지키고 계시다.

길 아닌 길

― 말장난 · 93

아무나 차별 없이 마음 내어주는 산(山)
지문 인식기로 문(門) 여닫는 이 각박한 세상
그 질곡(桎梏)으로부터 벗어나고파 숲 찾아드니
빛, 향, 소리까지 덤으로 안겨주는구나.

자연 현상의 겉만이 아니라 속내까지 보기 위해
글자나 의미도 소중히 여백으로 남겨 놔둬야 해
암벽을 마주하고 앉아, 흔적 없는 소리까지 보는 일(觀音)
그 힘든 시작(詩作)이, 내 가야할 길 아닌 길인지 몰라.

고구마 순 내기
— 말장난 · 94

골방에다 고구마 통가리 만들어
가둬 놓고, 입맛 다실 것도
목 축일 것도 없이, 캄캄한 옥살이시키더니

큰 뜻 한번 펼쳐보라, 마련해 준
썩은 내 풍기는 움 속에서
새순이 제 어미 파먹으며 잘도 자란다

나도 줄 하나 잡고
놓치면 죽을세라, 어머니 젖을 빨아댔다.

외롭고 먼 길

   — 말장난 · 95

수캉아지가 뒷다리 한 쪽을 들고서
대가리 사타구니에 박고
분홍 성기를 핥고 있다

시(詩)보다 삶이 더 진실하다더냐
열일곱 적 수줍음은 일흔에도 여전하다

나는 전해오는 따스한 체온을 느끼며
언어의 율동과 박자에 귀기울이는
외롭고 먼 길을 가는 중이다.

암자(庵子)

   — 말장난 · 96

암자가 제 그림자를 길게 깔고 누웠다
햇빛도 그림자 안을 들어가지 못하고
밖으로 살금살금 외돌아 나가더니
바람도 그림잘 밀어내지 않고 그냥 간다

그림자의 한복판을 타고 넘던 낙엽들도
제 몸에 묻은 그림자를 털어놓고 간다

중생을 제도하다 돌아온 보살의 바랑에
그림자며 어둠까지 몽땅 걷어지고 들어간다.

빠른 길보다 옳은 길을
— 말장난 · 97

당집을 향하여 젊은 여인이 투덜대며 가고
산기슭에 매어둔 흑염소가 뜸베질

잠시, 사내가 가슴통 까발리고 뒤따르고
어린 계집애 하나 울어대며 뜀박질

그 바람에 길섶에 핀 나리꽃이 목이 잘리고

잡것들 심중이야 가지만 물증 없어, 기소유예
꽃잠 자고 청상과부 됐다지만, 이목이 있는데
빠른 길보다 옳은 길을 가는 것이 순리 아닐까?

고요는 깨지지 않고
― 말장난 · 98

고추잠자리가 바지랑대에 앉았다 날 길 반복
집안은 고요가 넘치고
외양간 찌러기 황소 눈감고 되새김질해도
고요는 깨지지 않는다.

솔버덩에 자전거를 받치고 집배원이
지퍼를 내리며 심호흡
오줌발이 찔레 덤불 흔들며 떨어지더니
유열무기가 스르르 도망.

새참

비닐하우스 딸기단지에 비 억수로 퍼붓더니
이어, 천둥 번개 바람 몰아붙이자
건장한 사내 하나 살같이 뛰어가며
"이놈의 악순환은 언제까지……"

사내가 뛰어간 그 길로 젊은 여인이
부침개와 막걸리 병을 들고 뜀박질
한참 뒤, 하우스 안은 감탕질이 한창이더니
젖은 옷을 입은 계집이 웃으며 나온다.

소망(素望)*

— 말장난 · 100

많은 사람이 무릎이 퍼렇게 멍들도록
천수다라니경 외우며
삼천 배 머리 조아리지만

다 누릴 수 없는 것이 자유
다 얻을 수 없는 것이 평화

우주 실체는 모두 공(空) 아닌 공

본디 가난할 수밖에 없는 우리
본시 사랑할 수밖에 없는 인생.

* 소망(素望) : 본디부터 늘 바라는 일, 평소의 소망

봄의 유혹(誘惑)

― 말장난 · 101

돌담으로 에워싼 싸리문 옆으로
졸졸졸 흐르는 개울물소리 따라
산수유 노란 꽃이 방긋방긋

산자락 어린 들꽃을 발맘발맘
좇아가다보면 시(詩)를 밸 수밖에

법당엔, 동자승이 향불 앞에서 조는데
비구니는 간데없고 미타불만 빙그레
젖은 내 가슴에 번져오는 법륜(法輪).

나이(年齡)

참, 먼데까지 떠밀려 왔구나
돌아보면 오도 가도 못할 지점(地點)
뭘 하러 왔다 뭘 하고 가는지, 흔적 없는 삶

나는 춥고 배고픈 이웃들의 아픔을 모른 척 했고
그늘지고 소외된 자들의 슬픔을 돌보지 않고
약자를 위하여 버팀목이나 디딤돌 역할도 못했다

서릿발 산국(山菊)을 바라보며 더 살고 싶어 함은
진정 부끄러움이 아닐까, 불쌍한 과욕이 아닐까?

산행(山行)-퇴직 동료끼리-
— 말장난 · 103

〈공격명령 1호〉, 지리산 종주 코스 완주
퇴직자들의 마음은 언제나 겨울 문턱
인내(忍耐) 뒤에 오는 반짝이는 평화
정복(征服) 속에 넘치는 행복 맛보러 가세

천왕봉 정상에서 힘들었던 험로 돌아보며
내 안에 구름 거치고 바람 자니
세상이 올바로 보이고, 운해 속 왕자로세
있고 없는 자 모두 행복하게 보이는 정상.

인간들 하는 짓
— 말장난 · 104

인간들 하는 짓이 심기가 불편했나보다
한국 여인들 가슴앓이처럼 치미는 홧덩이가
환태평양지진대가 7도나 되는 강진으로 후려쳐
일본 동북부 해안은 피눈물바다를 만들었다

쓰나미는 쎈다이 후쿠시마를 사정없이
사람, 집, 차, 동식물을 높낮이 없이 밀고 다녀

고마움을 모르는 곳에 사랑이 없고
반성할 줄 모르는 곳에는 평화는 없나니라.

장례식장의 하얀 꽃
— 말장난 · 105

'하얀 꽃'은 죽은 이, 추모 행사에 잘 어울리는 꽃

여기는 지금 성하(盛夏)의 초입
흐드러지게 핀 아카시아꽃은 말할 것도 없고
찔레 때죽나무 이팝나무 조팝나무
시기 질투나 하듯 다투어 피어난다

아직도 나는 왜 살아야 하는지 모르겠다

먼저 가는 문우(文友)의 명복을 빌며
평생을 비우고 또 비웠지만 무릉도원은 없더라.

추억의 옹달샘 -고향에 가면-

— 말장난 · 106

진달래 꽃방망이 만들어 순이에게 건네주던
살뜰한 그리움이 거기에 있습니다

허기진 유월의 툇마루에서 찐 보리쌀 씹던
촉촉한 부끄러움이 거기에 있습니다

밤늦도록 사랑방에 초롱불 켜고 연정 고백에
배꼽 잡고 웃던 즐거움이 게 있습니다

밤낮 보글보글 끓는 된장찌개와, 계룡산만한
어머니 사랑이 늘 거기에 있습니다

인생 특유의 향기

124

주말이면 봉사하는 날이라, 숨돌릴 짬이 없다
먼저 떠난다는 서글픈 부곳장에
아들딸 여의 살이 시킨다는 기쁜 청첩장에
백일 · 돌잔치란 알림, 부모 고희연이란 전갈
내 평화 · 자유의 시간은 모두 소드락질
가벼워진 주머니, 동강난 하루 품

덕성을 품고 돌아보면 세상은 살만한 곳
이 모두 삶의 꽃이랄까? 인생 특유의 향기랄까?

도대체 詩란 게 뭐래유

새해 아침 해맞이 하듯 고운 마음으로 살아가면
그게 바로 抒情詩인 걸

숨지는 날까지 사랑할 수밖에 없는 우리네 인생
그게 바로 시의 主題인 걸

정화수 길어 치성하듯 바른 몸가짐으로 살아가면
그게 바로 시의 構成인 걸

오늘도 부딪치고 넘어지고 밟히면서 새 길 찾아감
그게 바로 시의 素材인 걸.

애증(愛憎)의 꽃

늘 하루나 이틀 모자라는 음 이월
석보(釋譜) 판본이 있다기에 찾아간 우리를
스님은 부부로 착각 자비를 베푼다며
휘몰이 장단으로 쳐대는 목탁(木鐸).

시퍼런 창칼로 밀어 삭발한 비구니
빤짝빤짝 빛나는 파르스름한 머리 위로
하늘이 내려와 사바(娑婆)의 애증(愛憎)을
한 송이 꽃으로 활짝 피워놨네.

낮달-샛강의 옛 추억-
　　―　말장난 · 110

당인리발전소 새벽 연기가 용틀임할 때쯤
초가삼간 호롱불 켜고 달덩이 같이 웃던 서교동에
쓸모없으면서 참으로 쓸모 있는 젊은 군상들
지하철 2호선 홍대 입구에는 불야성
날이 새면 언제 그랬느냐는 듯 일터로 나가더라

달은 겉과 속, 빛과 어둠의 순환과정에 놀라
속살까지 허옇게 드러낸 채, 달이 중천에 누웠다

나도 놀랐다. 옛날 샛강에서 멱 감고 고기 잡던 곳.

인생 특유의 향기

고덕상 시집

발 행 일 | 2012년 7월 20일

지 은 이 | 고덕상
발 행 인 | 李憲錫
발 행 처 | 오늘의문학사
출판등록 | 제55호(1993년 6월 23일)

주 소 | 대전광역시 동구 삼성1동 125-6 한밭오피스텔 401호
전화번호 | (042)624-2980
팩시밀리 | (042)628-2983
홈페이지 | http://www.lito77.co.kr(홈페이지)

전자우편 | hs2980@hanmail.net
공 급 처 | 한국출판협동조합
주문전화 | (070)7119-1741~2
팩시밀리 | (031)944-8234~6

ISBN 978-89-5669-508-2
값 8,000원

ⓒ고덕상. 2012

* 지은이와 협의하여 인지는 생략합니다.
* 잘못된 책은 바꾸어 드립니다.